Ce livre appartient à :

Casterman
Cantersteen 47
1000 Bruxelles

www.casterman.com

ISBN : 978-2-203-10769-4
N° d'édition : L.10EJCN000555.N001

© Casterman, 2016
Achevé d'imprimer en avril 2016, en France par Pollina - L76136.
Dépôt légal : octobre 2016 ; D.2016/0053/162
Déposé au ministère de la Justice, Paris (loi n°49.956 du 16 juillet 1949 sur les publications destinées
à la jeunesse).

martine
est malade

d'après les albums de Gilbert Delahaye et Marcel Marlier

casterman

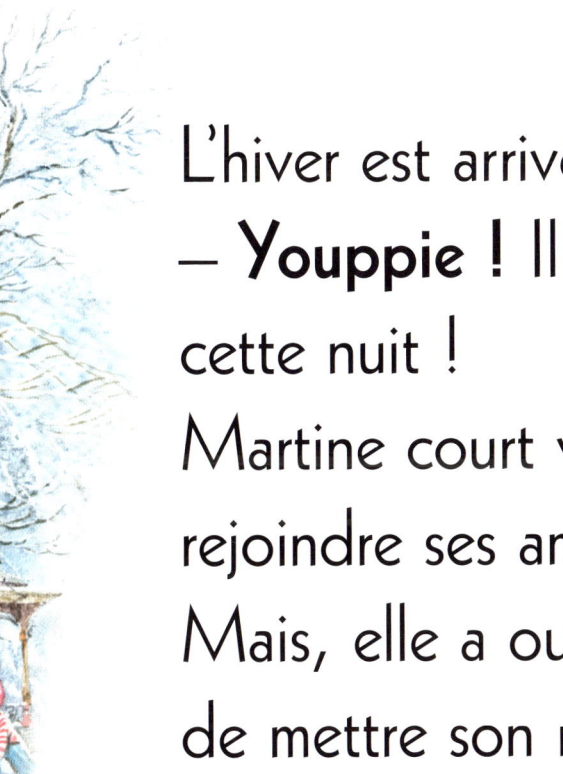

L'hiver est arrivé.
— **Youppie !** Il a neigé
cette nuit !
Martine court vite
rejoindre ses amis.
Mais, elle a oublié
de mettre son manteau.

Le soir, elle rentre toute
mouillée.

Même après un bain
chaud, elle a encore froid.
— Tu aurais dû m'écouter

et mettre

ton manteau,

dit maman.

J'ai bien

peur que

tu ne sois

malade.

Le lendemain, les amis de
Martine sont venus
la chercher.

— Tu viens faire de
la luge avec nous ?

— J'ai mal à la
gorge. Je ne peux
pas sortir, répond
Martine.

Martine tousse
et elle a de la fièvre.
Elle ne peut pas
quitter son lit.
— Repose-toi, dit Maman.
Je vais téléphoner
au docteur.

Martine s'est endormie.
Dans son rêve,
elle danse avec un
bonhomme de neige.
Une musique se met
à jouer sans cesse.

Martine a la tête qui tourne. Son sommeil est agité.

Heureusement, Patapouf
et Moustache sont là pour
la calmer et la réconforter.

Le docteur est arrivé.
Il ausculte Martine.
Il examine sa gorge
et écoute souffler
ses poumons.
— Tu as attrapé
une bronchite. Je vais
te prescrire du sirop.

Jean est allé chercher
les médicaments
chez le pharmacien.
Martine fait la grimace :
— Suis-je obligée de boire
ce sirop ?
— Si tu veux guérir
rapidement, tu dois
le prendre, répond Maman.

Martine commence à
s'ennuyer dans sa chambre.
Elle aimerait tant s'amuser
avec ses amis.
Heureusement, aujourd'hui,
Grand-père est venu lui
rendre visite et lui raconter
de chouettes histoires.

23

Après une semaine,
Martine va beaucoup
mieux. Mais, elle ne
peut pas encore aller
à l'école.

— **Surpriseee !** crient
les amis de Martine.
Ils sont venus lui
apporter des friandises
et quelques livres.

Ce matin, Martine a reçu
une lettre de sa tante Lucie.

— Dès que tu iras mieux,
je t'invite à venir passer
quelques jours à la campagne.
Martine est ravie et a hâte
d'être guérie.

Mais, elle doit

encore

se reposer.

Comme elle ne peut pas

sortir, elle regarde un dessin

animé avec Papa.

Par la fenêtre, Martine voit
le printemps arriver.
— J'ai hâte de profiter
du soleil, dit-elle.

Le docteur est venu
examiner Martine.
Elle est enfin guérie.
Encore quelques jours
de convalescence, et hop !
tout sera oublié !
Martine annonce la bonne
nouvelle à sa tante.
— Viens vite me chercher !

Pour sortir, Martine veut être la plus jolie.

Elle se coiffe.

Elle choisit sa plus belle robe et ses plus belles chaussures.

33

Quelle belle journée !

– C'est tellement agréable
de pouvoir courir dehors,
dit Martine.

Maintenant, j'écouterai
les conseils de Maman.
Je ne veux plus jamais
être malade.

Tut Tut ! Tante Lucie
vient d'arriver.
Martine court vers la voiture.

— Tu es encore un peu pâle,
dit Tante Lucie.
Une semaine à la campagne
te fera du bien.
En route !

Titres disponibles

1. **martine** petit rat de l'opéra
2. **martine** un trésor de poney
3. **martine** apprend à nager
4. **martine** un mercredi formidable
5. **martine** la nouvelle élève
6. **martine** a perdu son chien
7. **martine** à la montagne
8. **martine** fait du théâtre
9. **martine** et la sorcière
10. **martine** en classe de découverte
11. **martine** se dispute
12. **martine** déménage
13. **martine** et le cadeau d'anniversaire
14. **martine** monte à cheval
15. **martine** la nuit de noël
16. **martine** est malade
17. **martine** fait ses courses
18. **martine** et un chien du tonnerre
19. **martine** et les lapins du jardin
20. **martine** en bateau
21. **martine** à la mer
22. **martine** et les fantômes
23. **martine** au pays des contes
24. **martine**, princesses et chevaliers
25. **martine** à la maison
26. **martine** et les chatons
27. **martine** à la fête foraine
28. **martine**, l'arche de Noé
29. **martine** garde son petit frère
30. **martine**, la leçon de dessin
31. **martine** et le petit âne
32. **martine** fait de la bicyclette
33. **martine** dans la forêt
34. **martine** et les marmitons
35. **martine** au cirque
36. **martine** en voyage
37. **martine** la surprise
38. **martine** baby-sitter
39. **martine** fait du camping
40. **martine** et son ami le moineau
41. **martine** se déguise
42. **martine** protège la nature
43. **martine** fait de la musique
44. **martine** prend le train
45. **martine** en vacances
46. **martine** en montgolfière
47. **martine** au zoo
48. **martine** et le prince mystérieux
49. **martine** en avion
50. **martine** fête maman
51. **martine** à la ferme
52. **martine** et les quatre saisons
53. **martine**, vive la rentrée !
54. **martine** fait la cuisine